KB271418

솔뿌리에 꽂히다

솔뿌리에 꽂히다

2023년 11월 30일 제 1판 인쇄 발행

지 은 이 | 박승호
펴 낸 이 | 박종래
펴 낸 곳 | 도서출판 명성서림

등록번호 | 301-2014-013
주   소 | 04625 서울시 중구 필동로6(2,3층)
대표전화 | 02)2277-2800
팩   스 | 02)2277-8945
이 메 일 | ms8944@chol.com

값 10,000원
ISBN 979-11-93543-13-9

* 국립중앙도서관 출판예정도서목록(CPU)

* 이 도서 출판은 구리문화재단과 경기도, 경기문화재단의
  모든예술31–구리 아트 시드로 지원을 받았음.

솔뿌리에 꽂히다

박승호 시조집

도서출판 명성서림

시조에 숨어 있는 가락이 노래가 되어 주었으면

평소의 일상들이 얼마나 소중한지를 팬데믹을 겪고 깨달았고 지구촌이라는 친숙한 말에 대한 대가를 치렀습니다. 또한 건필하세요, 하는 인사말을 뜯어보면서 참으로 깊은 뜻이 담겼다는 것을 또 한 번 느끼게 했습니다. 게으른 탓에 차일피일 미루다가 이제야 두 번째 시조집을 냅니다.

읽을 맛이 있고 시인의 정신이 여문 씨앗처럼 박혀 있는 좋은 작품을 만들려 했는데 소리만 요란했는지 모르겠습니다. 여기저기 고민의 흔적들이 배어는 있으나 부족한 부분이 많을거라 여겨지며 그래도 주위의 응원 덕분에 글밭을 둘러메고 독자님 곁을 찾아 갑니다.

늦게 시작한 작품 활동이 어느새 많은 시간이 흘렀고 10년가량 서툰 도시 농부로 살다보니 농사 이야기가 많은 것 같습니다. 지금도 글을 처음 시작할 때 "시와 삶이 함께 하길 바라네" 했던 동창생 친구의 격려 말을 자주 소환 해 보았습니다만 마음대로 되지 않고 시간만 소비하고 말았네요.

그리고 흔히 시조가 고전적이어서 딱딱하다는 독자들이 많아 크게 무겁지 않은 시어를 불러 들이고 가락을 실어 그 정형성을 지키려고 부단히 노력해 왔습니다.

그동안 큰 힘이 되어 주신 구리시, 구리문화재단과 명성서림 박종래사장님께 감사 말씀 드리며 끝으로 착한 아내와 자손들에게 고맙다는 말 전합니다.

사랑합니다. 늘 행복하게 지내십시오.

2023년 가을
경기도 구리시 寓居에서
海倉 朴勝浩

2

4

6

1

감성을 양념으로

계산이 빠른 사람을 이재에 밝다 하고
생각 지수가 높다고들 무조건 단정하는데
그럴까, 시험이 만점이면 계산능력도 밝을지

디지털이 장악하는 초능력 잔칫상을
조금은 속도를 늦춰 넌지시 바라보면
차가운 음식만 가득 인정이 메말랐다

정보 캐는 디지털은 이성으로 뿌리까지를
작은 힘으로 많은 열매 독식하고 있지않는가
한 번 즘 뒤돌아볼 때다 감성이 끼어들도록

빠른 계산 판을 치니 황폐해진 잔치 마당
감성을 양념으로 이성의 반찬 버무려라
무심히 굳어간 땅에 알칼리성 꽃이 필 터.

강화도 기행

강화도는 초록인데 거기는 어찌 누런가
누구 하나 탓하지 않고 흐르는 임진강물
남과 북 쏘아보는 눈빛만 강물 깊숙이 꽂혀있다

무한한 시공간을 흘러가는 깅물은 알까
이 마을 건넌 마을 한마당에서 놀았던 걸
하늘도 너무 무심했다 이 마당을 방치하다니

울타리 따로따로 엮은이는 누구였나
목청껏 소리 질러도 메아리만 오고 갈 뿐
잡힐 듯 잡히지 않는 북녘땅아 응답하라.

거울이 미운 것은

거울이 미워질수록 가슴 한편이 허전하다
어느 누굴 탓할 수도 누가 그를 탓할 수도
무작정 가리고 싶다 너무 맑게 비추니까

쏟아지는 소나기에 패여 버린 텃밭처럼
늘어가는 시간의 흔적 거울 앞에선 숨길 수 없는
그래서 동년배 찾아갔다 패인 밭 확인하러

내 얼굴은 찍지 말고 너희들만 찍도록 해라
생전에 어머니 말씀 어제인 양 들리는데
요즘엔 거울 앞에서 쓸쓸히 웃는 남자가 있다.

겉만 보지 마라

말 많은 세상에서 깊이도 없이 예단하고
이웃도 이웃 나름 가까워도 가깝지 않게
웃으며 다가갔어도 색안경을 쓰는 시대

초여름 날 구름을 지고 이웃 농막을 찾았더니
삼대가 오순도순 주인장은 마음을 열어
공손한 커피 대접을 손자 놈들 배웅도 받고

토지를 사이에 두고 무심히 흐른 십여 년 동안
알고 보니 글 밭도 가꾼 맥이 닿는 사이였는데
겉으로 판단 했더라면 좋은 이웃 놓칠뻔했다.

경계선 치는 날

한 치의 땅 사이라도 경계구분 냉혹하다
잠자던 토지를 깨워 소속감을 심었더니
그제야 가슴 쓸어내리는 팔백 평의 자식들

맞닿은 이웃들이 돌보지 않은 틈을 타
야금야금 옆구리 질러 자기 배를 채우다가
경계선 먹줄 소리에 슬그머니 뒷걸음질

자식을 북돋듯이 토지 역시 자식처럼
다하지 못한 지난 시간 끄덕끄덕 반성하며
마중물 작명을 내리고 기둥으로 삼았다

이웃들 눈치싸움 경계선에서 불꽃 튀기고
새로운 이웃 얼굴 맞아 토박이들 텃세 부려도
경계에 차가운 얼음 언젠가는 녹을 것이다.

고향 연가戀歌

내 고향 천 리 먼 길 서둘러 재를 넘으면
우뚝 솟은 여덟 봉우리 어서 오라 손짓하는
푸근한 엄마 가슴 팔영산 그 이름 불러보며

거금도 푸른 바다 녹동항도 한달음이다
미래를 속삭이던 선창 다방 그날에 언약
그립던 그 사랑은 지금 어디쯤 걸어갔을까

다도해 청정공원 나로도 하늘길에
먼바다, 고기잡이 아버지 무사 귀환을
맘 졸인 그 아이들 어느새 하얀 머리 갈대밭

해창만 둑길 돌아 용오름 바위에 서서
섬사람 소원 풀어준 팔영대교 바라보다가
애틋한 고향 연가를 작은 파도에 얹었다.

관심의 무게

유채꽃 축제장은 노랑 마음이 가득가득
붓을 탄 먹물들이 발걸음을 멈추게 했다
훤칠한 지여추상결* 글씨 속으로 빠져드는데

안녕하세요, 제 글입니다 마음에 드시나요
만남이 초면인데 자주 보는 사람처럼
공손히 이름 건네며 반겨주는 우연의 조우

그날의 관심 씨앗 선물로 이어져서
서재에 걸어놓고 친구처럼 다정하게
날마다 관심의 무게를 의무처럼 재고 있다.

* 지여추상결(志與秋霜潔) - 처음 품은 뜻 가을아침 서릿발처럼 맑다.

구리, 그 이름

서울이 야금야금 망우리를 포식하고
포만감에 스스로 빠져 먹잇감을 찾지 않아
구리는 큰 덩치 무모함을 다행히도 피했다

팔방으로 트인 길목 어디든지 바로 달리며
역 입구에 서 있으면 참 이웃들 모두 만나는
지금도 왕숙천에 가면 두루미가 평화롭다

아차산 여기저기 고구려 용맹한 기운
뼈대 있는 이 고을을 후대에 길이길이
산 동안 언제라도 좋다 살아보시라 구리에서.

그리움은 어디쯤

세월아 너만 가라 난 조금 쉬었다 갈게
우리들 푸념들이 자조 섞인 노랫소리로
바쁘게 카톡 카톡 부르며 영상까지 찾아왔다

절절히 밀려오는 동시대를 뜯어보니
시공을 초월해도 그 흔적은 선명하다
억지로 돌려보내도 샘물처럼 솟아오르는

욕심 좀 부리지 마! 아니야 그렇지 않아
조금조금 줄이면 돼 금단 현상 아니 되게
그리움 어디쯤 멈출까 여기까지는 왔는데.

기울면 허사

조용히 아침을 여는 인칭 공원 산책길에
소나무 편백나무 이름 모를 풀꽃까지
촉촉한 이슬 머금고 햇살 가득 품고 있다

씩씩한 젊은이도 느릿느릿 늙은이도
대자연의 오묘한 선물 다툼 없이 나누고 있는
누구도 가리지 않는 은빛 햇살이 너그럽다

한편엔 고목 나무 중심을 세우려고
굽히고 눕혀보나 삐걱삐걱 경고음만
누구든 기울면 허사다 나를 보는 이 아침.

꾼 소리

돈만 아는 사람을 두고 장사꾼 다 그렇지 뭐
한때는 막말로 여겨 기피 하며 외면했는데
손 놓고 뒤돌아보니 막말이라도 그립다

수산시장 활어 경매장 경매사와 중매꾼들
경쟁하는 몸짓들이 전쟁하듯 치열했어도
손 놓고 뒤돌아보니 꾼 소리조차 그립다

변便까지 너무나 짜서 개들조차 피했다니
꾼들의 눈치 싸움에 땀까지 타들었을
손 놓고 뒤돌아보니 타는 땀도 그립다

어제는 농장에서 지게를 세워 농사꾼 흉내
한때는 활어 중매인 꾼 소리를 밥 먹듯이
이제 와 뒤돌아보니 무슨 소리라도 그립다.

끌림은 아쉬움으로

향 짙은 송이 철이니 동부인으로 다녀가요
봉화 고을 소나무 숲 날 잡아 찾았더니
묵은장 깊은 맛처럼 반겨주는 사람이 있다

만남은 짧았어도 오래된 친구처럼
발자국 마다마다 숙성된 지문 남겼는데
갑자기 오가던 다리 끝에 끌림만을 말없이 놓고

꽃밭 잡초 매다 말고 호미 두고 떠나다니
짝 잃은 반쪽 앞으로 한 다발 끌림을 봉해
창공을 날아보시라 편지 한 통 띄워 볼 뿐.

나도 가수다

본인의 승낙도 없이 나도 가수다 선발대회
신청서를 제출하고 아내 눈을 쳐다봤다
다행히 빙그레 웃었다 어깨 근육이 으쓱으쓱

짜깁기 작품하나 감추고 있는 그였는데
실력이 별로라며 자신감이 없다고 했다
구리 골 시니어 가수 전국대회가 아니잖니

오십여 명 출발하여 예선을 통과한 후
가수가 다 된 듯이 가슴이 먼저 허공을 날고
본선을 준비한 나날들 일주일은 너무 멀었다

마지막 본선에서 인기상을 가슴에 안고
찾아준 응원부대들 점심 대접을 하고 나서
이것이 바로 인생이야 바라보며 웃었다.

낙엽이 한 잎 두 잎

근교 산 오르내리다 빗겨서 가는 무리 속에
하얀 쌀에 뉘 섞이듯 노년 남자 띄엄띄엄
백 고개 무난하다는 허풍떠는 노인도 있다

모자 밑으로 마주치는 노인장 수를 살피는데
오 년 전엔 백의 열 분 오늘 산행엔 백의 다섯 분
덧없는 세월 앞에서 내일을 보며 씁쓸했다

늦가을 누런 이파리 순서 없이 낙하하고
푸른 여름 호령하던 이파리의 생애를 보며
줄어든 남자들 숫자 낙엽과 다를 바 없었다.

남포 미술관

- 후배작가 서화 전시회

한반도 남단 자락 고향마을 남포 미술관
정 작가 초청 받고 천 리 먼 길 마다치 않고
청명한 가을 햇살 받으며 한달음에 달려갔다

전시장 잔디밭에 아는 얼굴도 듬성듬성
덜 익은 과일처럼 작가의 말 풋풋하고
손톱이 다 닳아버린 농부 손처럼 치열했다

작품 속에 진솔한 의미 파닥파닥 살아있고
맨발로 뛰었다는 처절한 자기희생을
쏟아진 박수 소리에 빗물 같은 작가의 눈물

오빠야 정말 고마워 수고 했어 어찌할까
결과를 논하기보다 과정에 밴 숨은 노력
흐르는 시공간으로 하루해가 넘고 있다.

낫질

내각리 산허리에 땅 지도를 그리자마자
오월의 녹음 사이로 먼저 반기는 새들의 합창
서투른 농부의 첫걸음 낫질로 길을 텄다

무대를 내려와도 박수 소리 요원하고
이순耳順뜻 숫자에 쫓겨 용퇴의 뒷마당으로
은퇴란 높은 파고는 도시를 이미 점령했다

귀농 귀촌이 정답이라고 온 나라 유행어로
이모작 첫 시작으로 낫질 따라 넘는 하루
한 줌 흙 나도 모르게 낫자루에 뿌려 보며.

내가 나를 묻다

기초가 위태로운 초가삼간이 전부였고
소년은 작은 체구의 한계를 한탄했다
공간에 갇힌 현실을 부질없이 탓하며

험난한 바닷길을 나침반 없이 거슬러보고
광야를 뛰어다니다 얻은 상처 뒤로 하며
번듯한 와가瓦家를 짓고 그리고 길을 물었다

봄여름 흘린 땀에서 가을은 화답했고
오솔길 걷어내고 창창한 신작로까지
그러나 어느새 초겨울 그 소년은 누구인가.

내가 내게

칠십 년을 써먹고도 마음대로 굴러가니
고맙다 감사하다 머리 숙여 손 모았다
내려준 이름값을 해야지 다시 한번 다짐으로

사십여 년 티격태격 짝이 있어서 다행이고
이 세상 복 중의 복 머리를 숙여 손 모았다
열매가 무르익도록 멈추지 않을 다짐으로

사십 넘은 후세들이 아버지라 불러주니
너무너무 든든해서 머리 숙여 손 모았다
필연인 피붙이들에게 고맙다는 다짐으로

십사 년을 벌써 자라 할아버지라 불러주니
이 또한 귀한 선물 호연지기 호를 내리고
조용히 두 눈을 감았다 손 모아 다짐하며.

내 탓이오 내 탓

귀농 바람에 휘말리다 부화뇌동 했던걸까
농사꾼 놀이마당 토목공사 한 달 가까이
아내의 뒷바라지가 보통 일이 아니다.

하루를 시작하는 이른 아침 거실 위에
오 분만 더 오 분만 더 한 여자가 코를 고는데
여보게, 아내의 이 주름들 불러들인 건 당신이잖아

책망 소리 듣고 나서 고개 숙여 혼잣말로
내 탓이야 내 탓 맞아 원인은 바로 나야
미안해! 혼잣말에 깼을까 빙긋이 웃는 그 여인을.

넋 너라도 고향에

시화한 점 보내주게나 고향 이장 기별 접한 후
짧은 입 곱게 꾸며 불원천리도 마다치 않고
고흥 골 사도마을에서 귀향 보고 올렸다

해칭민 돌마지 길 정성 들여 작명히고
산고 끝에 태어난 자식 어서 오라 반겨주는
고향은 잊지 않았다 누구네 집안 아이라며

하늘은 청명하고 앞바다는 작은 파도
복지관 편액 글자 용호관 참뜻 새기며
잘왔어 몸은 타향살이 넋 너라도 고향 살아라.

누님 한 분을

소년의 서투른 길 가시넝쿨 치워주고
스스로 서지 못할 때 지지대 세워주던
마을의 수호신 같은 당나무를 찾아 나섰다

수소문 진정성을 하늘까지도 알아차리고
휴대폰이 울려 퍼졌다 그래그래 어디서 살아
만나자, 하루라도 빨리 너무나 보고 싶어

꽉 막힌 시간을 뚫어 찾아간 보금자리
버선발로 뛰쳐나와 포옹하고 눈물 글썽
그 순간 사십 년 밀린 빚 어깨 아래로 스르르

호칭을 바꿔 부르자 동생과 누님으로
거리를 좁히는 데는 이 호칭이 최고이지
오늘은 하늘이 내린 선물 누님 한 분을 받았다.

늦가을인데

늦가을 들판 길이 오늘따라 쓸쓸하다
올해 들어 불알친구들 고향에서 타향에서
먼 길을 홀연히 떠났다 겨울은 아직 먼데

지게에 기득가득 미레를 걸머지고
앞서거나 뒤서거나 구슬땀을 흘렸는데
들판에 가을걷이를 아니 벌써 포기라니

하루를 마무리하고 차 없는 귀갓길에
발걸음 무거운데 노을빛은 타고 있다
친구여, 옛날을 부르자 너희들 지금 뭐하니.

2

닮은 그림으로

마주하는 그림들이 무리 지어 걸려있는
전시장이 된 전철 안에 각색各色 된 작품마다
제각각 자기 색깔 감추고 눈을 감고 걸려 있다

열지 않는 감긴 눈에 하루를 그려놓고
돋음 발 내딛는 소리 목적지도 코앞인데
나 홀로 엉켜진 매듭과 씨름하는 저 안간힘

벅찬 짐 어깨에 메고 어디쯤 가고 오는지
알 수 없는 오늘을 만나 부릴 곳을 찾고 있는
모두가 닮은 그림으로 흔들리며 가고 있다.

대마도 기행

해협을 거느리고 이웃더러 어서 오시라
부산이 더 가까운 일본의 변방 쓰시마 섬
건넜다 히타카쓰항 생각보다 한적하고

대마도 펼쳐진 산아 가지런하고 수려하다
찾아간 역사의 흔적 반강제로 이뤄진 혼인
이끼 낀 돌탑 사이로 덕혜옹주 숨결만

산맥은 기를 몰아 섬사람에게 배분하고
애마 같은 소형차가 소박함을 선사해 주는
해지면 무조건 귀가 저녁이 있는 삶을 보며

시내를 파고드는 바닷물 치수治水 하천이
유리알처럼 맑디맑아 작은 고기들 춤을 추는
이국의 이즈하라의 밤 우리끼리만 왁자하다.

대한해협

바람이 잠에 빠졌나 파도까지 얌전하고
이웃과 이웃 사이 비자 없이 가고 왔다
해협에 얽힌 이야기 차곡차곡 간직하며

대한과 일본 해협 두 이름이 공존하고
멀리서 가물거린 배 한 척이 하늘에 닿은
언제쯤 경계선 줄 퉁겼나 부산이 너무 가까운데

대마도 한 바퀴 길 이박삼일은 너무 짧다
오는 길 높은 파도에 모두 들 혼비백산
옛 조선 통신사들은 어떤 소원을 원했을까.

도보다리에 네 발자국

다리를 놓는 행위들은 이어지길 바라는 것
손을 놓치고 육십여 년 뼛속까지 사무쳤을
형제는 만나고 있다 멈춘 시간 뛰어넘어

흰 올에서 낳고 자란 혈육 을 갈리놓고
서로를 싸움시킨 덩치들의 힘자랑을
스스로 떠밀어 내고 사심 없이 걷고 있다

다리는 말을 했다 하늘이 내린 명령이라고
남북이 걸어가는 발자국에 찍힌 언약
먼 훗날 도보다리 이야기 전설로 남을 것인가.

동기부여 한 마디

생일을 축하한다며 직계가 다 모였다.
모처럼 함께한 자리 주인공은 어떠하랴
어느덧 남은 시간은 빠르게도 돌아가고

촛불의 숫자만큼 켜켜이 쌓인 체취들이
꽃향기처럼 향기롭게 멀리멀리 퍼지는데
축하의 노래와 박수는 여운을 두고 떠났다

공부를 썩 잘한다는 손자 이야기 전해 듣고
부모는 어떠하랴 할아버지가 이러한데
시기를 놓치지 말거라 눈을 맞춰 주문했다

손자가 단 하나뿐 제 고모가 거들었다
서울권 대학 합격하면 등록금을 내가 내마
딸내미 동기부여 한 마디 촛불 주위를 맴돌고.

두꺼비와 어느 날

구름 낀 날씨를 보고 비가 오리라 예측했다
잡초를 깎는 예초기 소리 농부의 걷는 소리
황금색 부부 두꺼비가 마중 나오듯 나타났다

오늘은 좋은 날이야 두꺼비를 만났으니
우연히 만난 인연 행운으로 치환하며
미물微物도 사람 대하듯 다칠까싶어 작업 중단

살펴준 두꺼비 부부 고맙다며 숲속으로
금방이라도 쏟아질 듯 비구름 축령산에
예초기 춤추며 돌아가고 잡초들은 비명이다.

뒤집다 그 미학

하루를 별 탈 없이 넘는다고 전부겠는가
부딪힘 피해 가면 상처 나지도 않으련만
그러나 세상은 우리에게 평평한 걸 시샘하고

한평생 바다속을 자로 재듯 움직이는
남해안 작은 어항 어부가 내린 바다의 정의
큰바람 한 해에 한 번쯤 뒤집어야 고기가 난다

출렁임 없는 하루하루는 권태가 점령하고
풍랑 없는 밋밋한 바다 산소가 탁해 고기 떠나는
인생사 뒤집는 순환 바다와 다름 있으랴.

디지로그의 꿈

날것의 먹잇감도 소화제 없이 집어삼키는
디지털 안마당에 아날로그가 놀러 와서
빠르다 좀 늦춰보면 어때 조용히 말을 걸었다

찰나의 정보들이 홍수처럼 밀려드는
대세를 따르라는 디지털의 말을 받아
반반씩 좀 합치면 어때 디지로그로 말이야

속도감 자만에 빠진 디지털 만능 시대
느림에 익숙해서 어쩔 수 없는 그 차이를
언젠가 날 찾아오게 돼 아날로그 푸념 소리

천자문 떼고 나면 언문이 뒤를 따르고
영어고개 간신히 넘어 디지털 거센 물결
속도가 너무 빨라서 디지로그 말 꺼내봤네.

로또, 너는 누구냐

종로통 후미진 길 기차놀이에 정신없이
지폐 몇을 손에 쥐고 요술 할멈 꿈꾸고 있는
결기 찬 눈동자마다 갑부가 먼저 되었다

대박의 신기루 타고 뜬구름 잡아보려
거간의 중심거리 조명등 불빛 밑으로
확률만 저울질하다 사라지는 총총 걸음

현실을 직시하며 망각의 늪을 거닐어 보고
일 주간 희망봉에 활활 타는 불빛을 보며
로또야, 작명을 누가 했니 요행 이름을 훔쳐 왔구나.

룸메이트

낯선 곳을 홀로 걸으면 외로움이 더 할 것이다
동남아 다낭에서 둥지 하나를 두 명이 써라
위원장 호명 소리에 인연이란 꽃이 피었다

허고많은 사람 중에 짝을 이룬 숙명 앞에
서로를 바라보며 둥지를 들어 자리를 잡고
인연을 떠올리면서 소 웃음을 머금어 봤다

생소한 환경으로 밤잠을 설치면서도
여행의 참맛에 빠져 가까워지는 짝꿍의 눈빛
인연은 만들어 가는 일 거저 오지 않을 것이다

이른 아침 미 캐 비치 모래톱을 함께 밟으며
새하얀 파도 소리에 우리 얘기를 실어 보는데
지나던 문우 동료가 친히 우리 모습 찰칵찰칵.

만남

한 방향을 비추고 있는 소행성 다섯 별은
일 년에 한 번 만나는 견우와 직녀처럼
별들은 한 해에 열두 번 나들잇길로 만난다

천지를 오고 가는 수많은 사람 틈에서
문자를 사랑하다 글밭에서 인연을 맺은
필연이 아니었을까 우연이 존재 했을까

길 가다 마주치면 눈빛이 눈부시고
두 손을 붙잡고서 한참을 흔들고 있는
만남은 무르익었다 다섯별들 한 방향으로

인천역 차이나타운 중국 거리를 거닐면서
솜사탕 입에 물고 천진난만 어린아이로
시간은 저만치 후퇴했다 만남이 주는 이 하루.

만해 탑

동국대학 언덕배기 거인의 기상 늠름하다
두루마기 옷고름이 봄바람에 살랑대듯
새겨진 님의 침묵을 가만가만히 열창이다

만해의 푸른 마음 대니무 숲에 내려앉이
세상일 굽어보다 사색 속으로 일념 하는
심오한 선각의 숨소리 숲속으로 퍼져가고

만인들 앞장서서 끓는 피 뿌리시며
우국충정 땀방울을 소리 없이 닦으시던
오늘도 사색 길 좌정하고 도심의 하루 읽고 있다.

멋진 이름을

완벽과 대충이가 농장 안에서 충돌했다
전기가 음양으로 대립하듯 맞서지만
결국은 꼭 이뤄지리라 한결같은 목표는 하나

잡초는 전쟁하듯 평화지역을 점령하고
더운 날이 제 세상인 듯 어깨 펴고 으스대도
예초기 반격에 나섰다 한결같은 목표는 하나

아내는 손끝이 매워 완벽으로 뭉친 탓에
대충이 손끝을 두고 불쑥불쑥 티격태격
어쨌든 완벽과 대충이 목표는 하나 한결같다.

메밀밭에서

늦은 봄 작은 마을은 메밀꽃 반 사람들 반
확 트인 전망대에서 선배 시인을 떠 올리며
고고한 가산의 흔적들이 메밀밭에 숨어 있다

이름을 날릴 거야 미리 알고 있었을끼
봉평면 산자락 전설 전국으로 이어졌고
척박한 오지 마을은 이제 메밀꽃이 대명사로

작가의 소박한 생가 목가적 문학관으로
미루어 더듬어 보니 산과 물이 그를 부르고
하얀 꽃 너울거리며 가산을 향해 절을 한다.

메콩강 뒷이야기

얼마나 부딪쳤나 강물이 온통 황토 색깔
가로질러 건너가니 라오스 변방 마을
국경선 표식 없는 두 나라가 부러웠다

칭하이성 발원하여 검문 없이 여기까지
국경이 무슨 말이냐 반문하는 강물에게
휴전선 모시고 가서 판문점 애기 들려줄까

건너가고 건너오는 강줄기를 거슬러보고
느낌을 나누고 있는 이방인의 이야기를
나루터 언덕에 좌정한 부처님이 듣고 있다

북녘 하늘 우리 동포 자유를 향한 중간 거점
라오스 도착하여 마지막 고비 태국을 향해
운명을 강물에 맡기고 뛰어들었던 메콩강.

모르는 게 더

모르는 게 많아 좋다 알려고 파고드니까
알맹이가 덜 차 있어 햇살을 더 갈구케 하는
오히려 아는 게 모자라 공간이 아주 넓다

쌓이면 넘치기 미련 덜 치 있어 편안히디
섭취하면 배설해야지 균형 잡기 위해서라면
누구나 앎의 보따리 움켜쥐고 있으면 뭐 해

그릇이 차지 않으면 가벼울 수밖에 없고
바람에 흔들려도 중심을 잃지 않는
조용히 적당히 채울 연못 하나 있었으면.

모순

사거리를 배경으로 크고 작은 광고 문구
친자인지 혼외자인지 구별하기 난감하다
겉으론 정통성을 내세워 곁가지를 쳐내고

영역을 넓힌다는 하나의 일념으로
불법을 알면서도 걸어야 하는 현수막들
관리官吏는 편견에 기울었나 업무수행이 가관이다

넌지시 바라보는 거리의 풍경에 빠져
혼자의 독백만으로 평등을 꺼내 보지만
편애한 자식만 남기고 쳐내고 있는 저 모순.

묵호항 방파제

검푸른 바닷물이 파란 하늘과 맞닿았는데
자기 임무 잊었을까 바닷바람 낮잠에 들고
동해의 잔잔한 물결 갈매기들만 한가롭다

방파제 축을 따리 던져놓은 시멘트 더미
항구를 지키려고 해변 따라 각을 세워
파수꾼 임무를 띠고 삼각으로 얽혀있다

한때는 불야성으로 항구가 들썩들썩
고개 숙인 선창가에 떠나버린 오징어 떼
한 남자 수평선을 응시한다 옛 파시를 그리며.

물이 말을 하다

고을마다 물맛 따라 성정까지 다를 수가
여기 이야기 한편이 있다 지은이도 뚜렷이 없이
함부로 순천 고을에서 인물 자랑 하지마!

전라도 남쪽 동부지역 정설처럼 깔려 있는
여수에서 돈 자랑을 벌교에서 주먹 자랑
함부로 고흥에서 힘자랑 입도 벙긋 하지마!

각 고을 물맛이 모여 이구동성 말을 했다
자연과 닮아가는 그 지방만의 내력이라고
저마다 그럴듯한 물자랑 시도 때도 없었다.

미얀마 기행

태국에서 미얀마로 들어가는 경계선에는
도랑 하나가 국경선이다 푯말 없어도 평화로운
외국을 넘어가서 오는 게 이웃집 마실 나가듯

불상의 웅장한이 곳곳에 자리 잡아
하나같이 부처가 되어 여보시오 나를 보시오
당신은 뭐가 그리 바빠 충고하듯 말을 걸었다

스치듯 지나가는 이방인의 뒷모습을
가벼운 물결 정도로 치부하며 살아가는
미얀마 보통 사람들 서둘지 않아 부러웠다.

바나 산에 올라

구름 위에 떠 있다가 금세 다시 구름 아래로
신선에게나 허락하지 범인凡人은 범접도 못 할
바나 산 산은 산이었는데 예사로 산이 아니다

때 묻은 걸 벗어놓고 신선 옷으로 갈아입은
대자연의 오묘함과 장엄함이 엄습했다
발아래 널브러진 태고太古가 시간 속에 잠들어 있고

정상을 오르고 나니 신성한 여인 숨소리가
외지마을 골목 사이로 보이지 않게 흐르고 있는
프랑스 와인 창고 터에서 맥주 한잔 마시면서

나그네 호기심을 꼼짝 없이 붙들고 있는
신성한 여인 의미를 담은 산 이름을 음미하며
우리만 누리는 이 호사 우리만이라 아깝다.

바보야 참 바보

그 사람 참 바보야 겉으론 멀쩡한데
모자란 그릇을 놓고 가리키는 말 한마디
더더욱 스스로 어리석다 나서는 이 흔치 않고

무어 좀 안다 나대는 깃털 같은 고함소리
하늘은 묵묵부답 땅에서는 넘치는 소음
모자란 그릇의 깊이 헤아리기가 버겁다

큰일을 하였어도 표시 없이 담담하게
하찮은 일 하였어도 정중동으로 다소곳이
살면서 내가 참 바보였다 가슴 여미면 좋겠다.

3

방랑

집시의 하루 흉내 내듯 섬강으로 삼산 천으로
속 빈 탕아 배낭에 넣고 방랑처럼 도피처럼
걸었다 저기 시퍼런 섬강 충동질에 이끌려

소금산 사닥다리 아찔함을 시험해 보고
봉우리 쉼터에 앉아 난 여기 왜 왔는가
강물은 소리 없이 흐르고 방랑은 길을 묻고

삼산 골 징검다리길 지팡이 동무 삼아
기죽은 도시의 잔상 봇짐 속에 집어넣어
걸음은 서원주역에 어느새 해는 기울고.

방망이도 떨었다

- 탄핵 판결

두 입술 떨리면서 넘기고 있는 한 페이지
결정문 후세에게 남겨야 하는 고통을 안고
뻥 뚫린 민초들의 상처를 어루만지는 이 순간들

깃발은 펄럭이고 겉모습은 건고힌데
어느 누가 훼손했나 중심 기둥이 무너지다니
범인凡人은 어디에 서 있나 시대를 의심했다

여태까지 멀쩡했는데 기울어진 그 까닭을
넘어지면 더 위험하다 뼈를 깎는 심정으로
대들보 교체를 하라 방망이도 떨었다.

백일기도

사람이 할 수 있는 건 기도 이상을 할 수 없다
추위도 아랑곳없이 백일을 작정하고
수락산 정토를 찾아갔다 불제자도 아니면서

형상도 없는 짐을 메고 새벽 공기 가르는 여인
피붙이 일탈을 보고 단칼에 자를 수 없어
어미는 기도 일념 하나에 어미 이름을 접을 수밖에

작정한 백일기도 그 고통을 마무리한 날
숫자 백을 헤아려 보니 쉬운 일이 아니었는데
앞산도 들었다 놓았다 이심전심 통했을.

베트남 그 여인

신짜오 인사를 하고 들어서는 마사지 방
일곱 사내 조를 이뤄 호강의 강을 건너보고
이국의 정서를 읽으며 본성으로 유희했다

분에 넘친 대우를 받고 작은 정을 전하려고
지갑을 꺼내 들었다 다시 넣는 엉거주춤
위원장 묵시록 설교 기억에서 오락가락

일곱 가운데 짝꿍을 이룬 베트남 닮은 한 여인만
내 손을 부여잡고 현관까지 배웅했는데
투 달러 화답지 못해서 지나고 나니 미안하다.

뿌리를 들췄다

셋째 너는 멀리 나가 일가를 이루어라
아버지 말씀 거역 안 하고 떠나온 효자 아들
그분이 조부님으로 성은 박 이름은 채문

백 리 길 머나먼 길 걸어서 사도 마을로
유한한 세월 견디다가 후세들께 넘기시고
이제는 형수 한 분 외롭게 팔순 넘어 안간힘

얼마 전 시제 답 있는 조성 마을 재종을 만나
뿌리를 더듬다 보니 다섯 명 조부의 형제
시간을 거슬러 올라 깊은 뿌리를 확인하고

경향 각지 뿌리내린 진원박씨 보성 중파
옛날로 돌아가서 주변 골에 맴돌았다면
튼튼한 집안 뿌리들 비바람도 눕혔을 텐데.

사과謝過도 때가

우두머리 말속에는 무게를 재는 하나의 추가
한나라를 다스리는 가늠자이며 풍향계로서
간결한 한마디에도 명령이 통해야만

이른 아침 봄이 서서히 남해안을 서성이는데
갑자기 뜻하지 않은 천둥소리가 들려 왔다
지키지 못한 어리석음이 통한의 통곡 소리로

백성은 울고 있고 임금은 어딜 갔었나
분초를 다툰 시간 생사를 가르는데
망루에 스스로 올라 명령을 내야 하거늘

원성은 하늘을 찔러 봇물이 터지듯이
먹구름이 비를 몰고 쏟아지는 그 시간에
뒤늦은 눈물의 사과 세찬 비에 묻히는데.

사는 맛

소동 샘물 한 바가지 미역국 원료로 삼은
남해안 바닷가 마을 동기동창 동갑내기
쉬는 날 얼굴 한번 보세나 문자 앞세워 찾아왔다

출발선 함께 떠나 육십 고개를 어느새 넘은
하늘이 준 귀한 선물 오늘까지 왔으니까
쉬는 날 사는 맛이 어때 음성으로 배달 됐다

오늘은 좋은 날이다 살아 있어 숨 쉬는 호사
죽마고우들 노랑 마음 파란 하늘 바라보며
눈감고 두 손을 모았다 정해진 종교 없어도.

사람이 꽃이더라

소금기 아랑곳 없이 피어있는 두 송이 꽃
각박한 토질 속에서 본연의 임무 잃지 않고
바닷물 친구들 불러 인고의 시간 잠재우며

한결같은 정성으로 바다 꽃밭 일궈 놓고
수족관 사이사이 꽃향기를 뿌렸으며
벌 나비 찾아들 오면 쉬어가라 자리를 펴는

찾아간 옛 동지를 두 부부는 한결같이
봄꽃이 온 누리에 진한 향기 풀어내듯
농수산 바다 꽃밭에 사람 꽃으로 피어있다.

삶은 연극 한 편

2022년 6월25일 늦은 봄 좋은날에
삶이란 이런 거다 대본하나를 올려놓고
팔당 골 뜰 안채 집에서 연극준비를 시작했다

말로만 듣던 두 사람은 통 성명에 들어갔고
상견례 치루 듯이 조심스럽게 마주했다
반갑다 가슴 내밀어 서로의 간격 좁혀가며

그녀는 상냥했다 믿음 빛이 감돌았다
인생살이 맛이 있고 만남도 맛이 있듯
인연은 우연이 아니다 맛이 있어야 좋은 인연

창문 넘어 한강 물이 우리말에 끄덕였고
언니를 만나고 나서 형부까지 덤이네요
오늘은 연극이 대성황 처제 한 분을 얻는 하루

삶의 여정

날마다 웃고 살아도 시간이 부족 해요
빛으로 펼쳐지는 아름다운 무지개를
품으면 시간을 잡습니다 오늘 하루도 스스로

날미디 비둥데도 답안지 안엔 정답은 없고
시험지 한 문제씩 천천히 풀어 가면
허투루 떠나는 시간은 붙잡을 수 있답니다

날마다 오고 가는 인생 역 정거장을
황혼의 칠십 역까지 앞만 보고 달려왔다
인생길 구리역에서 그리운 사람 기다리며.

새끼가 뭣이길래

어미젖이 최고라며 삼 주일을 어미 품에
고장 난 몸 추스른 데는 어미젖이 최고였다
화색和色이 빛을 발하고 쌓은 정도 차곡차곡

어미 둥지 뒤로하고 제집으로 돌아가는 날
차창 밖 빗줄기도 헤어짐을 눈치챈 듯
새끼가 무엇이길래 떠난 자리가 쓸쓸했다

어미와 새끼 모두 한 울타리에 살 수 있는
정해진 기간들을 하늘에서 내렸듯이
사이를 오가는 일 역시 하늘 뜻으로 여기며.

섬 나들이

서해안 섬 사이로 출렁이는 가을 바다
신도와 시도 모도 까지 연도교로 한 몸이다
삼 형제 외로운 날들 모래톱에 쌓아놓고

신도항 선착장에 피어오른 사람 냄새
가을바람에 실려 오는 갯내가 코끝으로
형제들 귀한 손님 모시려 단장하기 바쁘다

삼대의 섬 나들이 손자는 무대 주인공
할아버지는 추억을 심고 촬영장 엑스트라로
못다 한 자식 사랑을 손주에게서 찾고 있다.

세월이 품 안에서

- 딸의 취재 일기

동네 공원 자박자박 딸아이와 걸어 봤다
마흔 넘은 아이 손을 오랜만에 잡아보니
하세월 언제 지났느냐 마음 한구석 휑하고

지난 세월 나도 모르게 가슴으로 스며들어
땀내보다 약 내음이 내 곁을 왔다 갔다
칠십 년 굽이굽이 길 딸을 보며 더듬어 보네

갈등보다 공존으로 욕심보다 베푸는 길로
돌아가신 시어머니 품지 못한 서글픔 들
스르르 녹아드는 이 시간 세월이 내 품으로

인칭 공원 산책하고 딸이 내민 쪽지 한 장
딸이 취재한 지어미 마음 지아비는 미안했다
고부간 팽팽한 갈등 조정치 못한 아쉬움을.

세월호

서 남해 몽골 수도 검푸른 바다 길목
못 내민 손의 한계 뼈저린 자가당착
양들의 처절한 원망 무슨 낯으로 대할까

거대한 고래 한 미리 지기 덫에 걸려있는
수백을 뱃속 가득 까닭 없이 가둬놓고
우렁찬 포효를 마다하고 침묵으로 일관했다

제철 지난 개나리꽃 노란 리본 펄럭이고
향촙냄새 짙은 거리 눈물도 타고 없는
온 세상 하늘 가운데 노랑 비가 내리고 있다.

소금산이 부르길래

산 하나에 이끌리다니 어디서 나온 힘 때문일까
이슬비가 내리더니 이내 다시 햇빛으로
내리막 인생길 도우미 하늘까지 우릴 반겼다

둥지 부근만 배회하다 길손 넷이 강원도로
원거리에 숨어 있던 소금산 속살에 취해
걷는 게 버겁고 서툴다 주춤주춤 하룻길

출렁다리 울렁다리 자연과 함께 잘 어울려
삼산 천 휘어 감고 섬강으로 이어가는
나들이 이것이 인생이다, 눈빛으로 그림 넉 장.

솔뿌리에 꽂히다

불암산 깔딱 고개 솔뿌리가 반질반질
반갑게 내민 뿌리 길손들의 오르막을
모질디 모진 세월동안 어떻게 여기까지

스스로 엄격히기를 함부로 선택히고
남에게 누뽀 끼칠 때 고개를 숙여주는
뿌리는 한결같았으리라 내민 손을 거두지 않고

오르막 한계선을 땀방울로 뛰어넘고
정상을 밟고 돌아 내리막 하산 길에서
한 생애 헤쳐가는 여정餘情 솔뿌리를 기억했다.

수레바퀴

팔십 줄 엄마 곁에서 말동무 되어주면
수줍게 돌아앉아 과거를 그림 그리는
철없는 여자가 되어 지난 시간을 펴 보이고

일흔에 칠순 잔치 마음 심어 차려 올린 일
어려서부터 품은 생각 실천하는 뿌듯함이
엊그제 일로 착각했다 흐르는 건 시간뿐

어느덧 그 아들 역시 자식들 소식 뜸해지면
나도 모르게 닮아갔다 문자메시지 보내고 있는
세월의 수레바퀴도 육십 줄 따라 돌고 도는.

수레바퀴

숫자 여행

좋아하는 숫자 하나 간직하고 사는 일이
사이비 종교 같고 토속신앙 같기도 하고
은연중 다가온 이름 십사라는 숫자가

어딜 기니 운세 난에 나도 모르게 멈추는 눈길
작은 숫자 더듬어 가다 호불호를 견줘보며
의미를 부여 하다가 돌아서기 다반사

십사 번 중매인 번호 공공으로 부여받고
운명이 바뀌면서 숫자의 의미 여기서부터
가벼운 신앙이 되어 이정표 없이 여행 중이다.

시간을 친구로

맘대로 시간을 불러 내 생각을 이야기하고
여유를 불러세워 시간에게 소개한 후
남자는 평범한 하루를 그들과 함께 넘으며

동네를 마실 나가듯 노인회관 들렀더니
한 노인의 푸념이다. 세월이 무상하다며
마음은 청춘인데 말이야 글쎄 말이야 글쎄 말이여

지나온 발자국을 유심히 캐다 보면
모퉁이 돌 때마다 시간과 싸운 흔적들
시간을 친구로 대접하면 그 역시도 돌아볼까.

신진도항 사월

파시를 꿈꾸고 있는 사월의 신진도항
바다 냄새 봄꽃 향기 어울려 춤을 추는
고깃배 출항을 기다리고 항구는 정중동이다.

선장은 먼바다를 미리미리 그리고 있고
선원들은 몸을 풀어 근육질을 키우고 있는
망중한 항구의 어선들은 허리를 대고 다정스럽게

새로 지어 젊게 보인 햇살 가득한 뱃전에는
생질을 닮은 깃발들이 조타실에서 펄럭이고
사월의 신진도항은 만선의 꿈에 젖어 있다.

아람 줍기

농장 낀 계곡 바위틈 해마다 밤꽃이 피고
느지막이 혼자 피어 사랑에 대한 욕심이 많아
바람이 건들고 나면 꽃향기가 온 산으로

도시에서 가질 수 없는 자연 속 밤나무를
언제든지 만날 수 있어 반갑기 그지없다
줍는 일 아내에게 맡겨 재미 한 톨 선사하며

일 년 중 수확 철에 모든 것을 제쳐두고
밤 줍기에 정신 팔린 아내의 뒷모습에서
흥에 찬 콧노래 소리 두 눈까지 반짝였다

올해는 내가 먼저 제법 많이 아람을 줍고
은근히 욕심이 생겨 건너편으로 원정까지
밤 줍는 재미에 빠져 아내 칭찬에 정신도 잃고.

아직도 고향에는

고샅길 내려서서 고향마을 회관 모퉁이
아낙과 마주쳤다 누구 부인 같아 보여
실례가 되는 줄 알면서 실례지만 누군가요

여자에게 누구냐 묻는 무례를 범했는데
품어주는 그 여인이 고맙고 그지없다
그래서 엄마의 품이다 고향을 두고 말하나 보다.

아저씨는 누구십니까 되묻는 그 얼굴은
이름을 밝히자마자 정색하며 반기는데
떠나온 시간이 가린 우리들의 이 광경을

예, 창식이 작은아버지 이야기 많이 들었다며
바구니 속 오골계알 주저 없이 건네주는
지금도 고샅길 모퉁이에 서려 있는 그날 생각.

4

아프지 마라

시대 따라 언어들이 새 옷을 갈아입지만
값지고 멋진 옷도 체격에 맞지 않으면
백 벌이 쌓여 있어도 한 벌보다 가볍다

수명이 길어졌다 정보들을 따라가면
알 수 없는 보약 정보 휩쓸고 지나가고
상술이 재주를 넘었다 가벼운 말로 유혹을 하며

친구야 어때 잘 지내나 나 역시도 잘 있어
시대를 같이 나누는 친구들의 요즘 메시지
절대로 아프지 마라 무거워진 이 언어를.

안 만강 선생

허허허 소리 내 웃던 선생이 그리운 날
만남과 만남 사이에 꼭짓점이 있었는데
이별도 어디 꼭짓점 하나 만들 수 있었다면

우연과 필연 사이 구분조차 하지 않고
어느 해 동기생으로 필연처럼 다가섰던
하늘이 내린 선물이다 무던히도 아꼈는데

열두 줄 가얏고로 화합의 목청 줄 당겨서
세월의 묵은 때를 향기로 빚어 남겨놓고
지금은 어느 곳에서 귀한 인연 쌓고 계실까

장현 마을 선생의 고향 도시형 주택 지어 놓고
관리실 선생 방에서 부자지간 담소 나누듯
인자한 아버지의 상 그려주던 그 모습을.
.

어느 날 귀갓길

칠십 년 써먹었으니 얼마나 남았으랴
꿈을 키운 유유자적 오늘 하루도 흉내만 내고
땅거미 인사를 받고 보금자리 길 서둘렀다

초록에 심취되어 해가는 줄 몰랐으니
이름 모를 풀벌레들 제집 찾느라 분주하고
농부의 양어깨 위에 가방 하나가 동행을

자동차 접어둔 채 도시공해를 가방에 넣고
어스름 산비탈 길 지난날의 찌꺼기 꺼내
한 줌씩 뿌리고 나니 가벼워진 이 발걸음.

어미의 본능

작별한 어머니가 아직도 내 곁을 찾아
이따금 꿈길을 터 모자의 정 확인하는
어느새 십 년 가까이 무심코 지났는데

손때 묻은 지팡이기 서재 뒤에 비스듬히
오늘까지도 지우지 않은 별명과 단축번호
창밖에 이슬비는 내리고 책상 위에는 엄마 사진

어미와 새끼라는 평범한 진리 앞에
무한정 보호의 의미 동물의 세계 시청하며
어미는 새끼에 대한 본능 그칠 줄을 몰랐다.

연분

경기도 시흥리가 영등포구 시흥동으로
한적한 변두리 마을 얼굴 빨개진 청춘남녀
풋풋한 그들은 어딜 가고 추억 한 장만 덩그러니

원주 골 고흥 골에서 약속이나 한 것처럼
철없는 두 사람은 장애물도 치우지 않고
당기는 자석의 힘으로 연緣의 파고를 넘으며

한 배를 같이 타고 망망대해를 건너봤고
다른 것 같으면서 같은 것도 제법 많은
오십 년 하세월 위에 데굴데굴 아슬하게

이제야 철들었다고 좋아하는 원주댁은
두 사람 연을 두고 후회한다며 호들갑을
차라리 진실을 왜곡하면 이내 마음 편할 텐데.

오월에 취하다

산바람 오월을 타고 농장 섶을 지나가고
아로니아 하얀 꽃송이 파도 타듯 넘실넘실
한잔 물 마시고 나니 꽃향기가 더욱 진하다

꽃 피면 벌 나비들 기별 없이 찾아와서
꽃술 위에서 양식을 따며 주인이 와도 개의치 않고
벌들은 배짱도 좋다 오월이니까 가능하리라

하늘에 뭉게구름 솜털처럼 하얀 색깔
꽃피는 식솔들은 짙어가는 오월을 시켜
벌 나비 친구들 모두 모여 광고 한 번 했나 보다

산야는 연두 색깔로 임무를 다하느라
햇볕에 뛰어들어 숨 가쁘게 순환하고
농장에 가족 모두는 오월에 취해 있다.

우두마을 임시주민

바다를 잠재우고 밤새 내린 봄비도 그친
바닷가 삼월 아침은 출어出漁를 향해 분주하다
전입을 반기는 걸까 작은 파도 굽이를 치고

쉼 없이 달려오다 일주일간 신발 끈 풀고
우두마을 임시주민 이장님도 만나면서
남녘의 숨은 이야기 펼쳐졌다 깊은 밤까지

섬으로 이어지는 고흥-여수 팔영 대교
섬 동네 속살들을 담아가라 손짓하여
적금 섬 전설을 캐며 굽이굽이 돌아보고

등 넘어 용암마을 칠십 채운 누님께서
동생이 생각나서 횟감을 준비했다는
아직도 바다를 지키는 스물에 머문 누님이 있다.

우연은 있지 않다

매달린 그물망에 쏟아지는 은빛 비늘
갑판은 온통 금 멸치로 햇살 불러 도배를 한
선주는 조타실에서 만면에 미소를 짓고

메서운 이이엠에프 모든 걸 잃었을 때
경험 많은 선주 모두 뭣을 믿고 무보증을
작금에 만선의 깃발은 그분들이 꽂아 줬다

금 캐러 바다로 가요 구경 한번 오셔요
조카의 초청 받고 금밭으로 바다 체험
생질은 신진도항 토박이 세상사 우연은 없다.

육 년 지기 눈동자

오십 년 멈춰있던 해맑음이 쏟아졌다
흐르는 계곡물도 비 온 뒤라 제법 세차고
추억의 참맛에 빠진 육 년 지기 눈동자들

거짓은 눈 씻고 봐도 그림자조차 얼씬 못한
허물은 누가 먼저 감추었는지 흔적도 없이
수락골 여름 한나절 가득 넘친 그리움들

작은 시샘 번뜩여도 코흘리개로 멈춰있고
흘러간 세월을 먹고 자라난 무던함이
시샘을 저만치 뛰어넘어 계곡물에 놀고 있다.

육십령에서 잠깐

험난한 산 고개를 무지몽매 넘고 넘어
장수고을 함양 고을 사돈으로 이어줬을
육십령 이름이 예사롭다 인생 육십 넘어보니

부부애를 과시하며 무진장을 돌고 돌아
육십령에 올라서서 영호남을 굽어봤지
어느덧 칠십이 바로 저기 육십 소리 그리울 터

전라도 경상도의 두 지역 경계선에는
선조들 사투리가 풀 섶에 배어 있는 듯
거시기 누구라카더라 환갑 지나도 청춘이당게.

이모작은 덤이다

내각리 산자락에 심어 논 식솔들은
오라는 기별 없이도 때때로 찾아가면
아버지 기다렸다는 듯 반겨주는 자식들

들머리 승마 마들 기지개를 켜는 사이
자식들 하얀 꽃망울 보란 듯이 몽실몽실
초여름 부름을 받고 온 산은 연둣빛으로

흙냄새 풀냄새는 어둠 속으로 스며드는데
저물녘 불어오는 마실 나온 저녁 바람이
슬며시 코끝을 더듬었다 내일 다시 오라며

예순이 차오르면 남 이야기 귀 기울이고
오늘을 덤으로 얻어 선물이라 여기면서
이모작 인생길에서 좋은 친구는 바로 오늘.

인생 그리고 숙제

사람들 사이를 잇는 무수한 연결망을
어제도 오늘 역시도 잇지 못해 헤매고 있다
어설픈 관계에 치우쳐 시간만 축내면서

생각대로 걸어왔니 뜻히지 않게 걸어갔을끼
두 길이 겹칠 때마다 고독한 결단으로
끝없이 흔들리면서 용케도 여기까지

절대 남에게 누롯 끼치지 마 당부하던 그 말씀을
비바람 몰아칠 때 지키지 못한 삶의 궤적
인생은 어디까지 왔나 풀 수 없는 숙제를 안고.

일본은 아직도

유통도 산업이다 시대가 말을 했다
인재 육성 미명으로 국비로 선발되어
전국의 농수산 중매인 선진연수 5박 6일

도쿄에 시부야역 한글 간판 정다웠다
우리와 제일 가까운 함께 가는 이웃이건만
과거를 뒤돌아보면 아직도 검은 그림자

미래를 열어가는 가와사키 수산시장
전통의 대명사인 시부야 정종 주막
열도엔 선진 형 숨소리가 끊임없이 들렸는데

오늘은 다시 찾은 대마도 기행 이박삼일
이십 년 정도 시차를 두고 일본 속을 뜯어보니
아직도 배려하는 모습들 여기저기 살아있다.

있는 그대로

너나없이 내려놓자 외쳐대는 일상의 언어
철이 든 죽마고우 훈장 숫자만 늘어났을 뿐
속살은 그대로였다 겉모습은 변했어도

너나없이 지고 살아 밥 먹듯 외쳐대도
남자 동창 푸념 속에 하세월 그리움이
아직도 재 너머 구름 너머 올랐다가 내려갔다가

너나없이 소설 한 권 쓰고도 남는다는
진솔한 여자 동창 첫머리 이야기 속에
가감加減이 한 톨도 없어 한겨울도 아니 춥다.

자손이 뭐길래

농장에 이마를 댄 계곡물 소리 시원하다
자손들 웃음소리 계곡물에 풀어 놓을까
굴삭기 큰 힘을 빌려 둥근 연못을 지었다

피라미가 요리조리 밤나무 그늘까지
일 년에 한두 번은 계곡물에 발 담그면
진솔한 세상 이야기 하루해가 짧을 텐데

청명한 유월 연휴 오겠다는 연락은 없고
잡초 매다 하늘을 보니 솜털 같은 뭉게구름만
멍석을 멋지게 깔아도 재주부린 놈 하나 없구나.

자식 농사

묘목을 심어놓고 자식 노릇 기대를 하며
애지중지 키웠더니 어느새 중년으로
올해는 열매까지 풍성한 사람이라면 한창때

사십 대 자식들 모두 본기에 함께 모여
탄생의 비화들을 추억으로 꺼내놓고
올 농사 풍작을 두고 많은 이야기 오고 갔다

거름 주고 잡초 매면 농사가 전부인 양
적기에 가지치기 거기까지 가야 했거늘
무심한 자식 농사 법 이제 조금 알듯 말듯

몇 년 전 동아리끼리 임꺽정 봉 오르면서
한의사 키워 낸 선배 자식 이야기 들여다보니
어떻게 키웠는지 몰라 자식 농사 정답은 없대.

작아도 크다

하루를 제멋대로 그리고 닥치는 대로
유유자적을 끌어안고 흘러가는 구름처럼
아무런 생각도 없이 둥지를 향해 가는 길

버스에 올라 눈을 감았다가 침묵은 흘러가고
만 원짜리 안 됩니다 큰소리에 눈이 번쩍
승객은 잔돈이 없다며 어쩔 줄을 모르고

수초가 지났을 때쯤 차비를 대신 내주었다
표정이 달라진 여인 고맙다 인사 거듭거듭
하찮은 작은 일 하나가 빈 가슴을 채우는

건널목 건너면서 가을하늘 쳐다보며
오늘 하루가 뿌듯했다 발걸음 하늘을 날고
살면서 작은 게 크게 되는 비법 하나 얻었다.

작은 거인들

모든 걸 내려놓고 누구 눈치 보지 않는
감춰진 벽 허물어 볼까 뛰어들어 흔들었다
강물에 돌팔매질하기 제비처럼 날아갈 듯

디낭의 야시장 거리 밤을 불러 가슴을 어는
아오자이 치마 끝에 사랑의 열매 송알송알
멀었던 마음의 거리 몸짓으로 좁히고 있는

이국의 밤 문화가 지구촌 놀이터 되어
자기 몸 던지기까지 벽을 허무는 작은 거인들
길손의 빈 가슴속에서 사랑 꽃으로 피었다.

작은 행복

따스한 봄 햇살이 반가운 손님이 되어
발코니 꽃밭을 찾아 소리 없이 내려앉고
창 너머 단지 놀이터 어린아이들 재잘재잘

토끼 같은 두 딸아이 곰 같은 아빠 놀리며
온 세상이 자기 것처럼 인양 깔깔깔 자지러지고
아빠는 정성을 다해 사랑 농사를 짓고 있는

어리고 여린 연두색 모종 잎줄기까지 튼튼하게
초록 색깔 멋진 옷으로 온 누리를 누비는 날
아빠는 자식 농사 잘했다 너털웃음 웃겠지.

작은 관심

정성을 먹고 열린 열매는 속살까지 튼실하다
가시 돋친 꾸지뽕나무 토막 내고 쪼개면서
효능은 여자가 더 좋다 마누라 딸 며느리를

정성 디해 흘리는 땀 값으로 치면 얼마일까
포대 속 들어가는 긍지에 찬 나무토막
관심이 정성을 불러 꾸지뽕 차를 만들었다.

남이 키운 건강 재료 돈 건네면 그만인데
손끝을 타고내린 다듬어진 작은 관심
우려낸 찻잔을 부딪쳤다 아내 눈을 바라보며.

작음도 눈여겨보라

돌과 돌이 결을 대고 작품하나를 조각했다
굴삭기가 이리저리 인연을 맺어주면
형님 돌 틈새를 메우는 막내 돌의 자긍심이

큰 덩치 갈라질 때 입은 상처 뒤로하고
작은 돌 위로를 받고 넉넉한 형님 돌은
투철한 사명감으로 옹벽의 중심축이다

우주가 질서대로 조화를 이루어 가듯
큰 돌과 작은 돌이 획을 긋고 받쳐주는
작음도 눈여겨보라 세상살이 밑바탕.

장봉도 문학기행

- 동심

장봉도 용암 해변에 술래잡기 벌어졌다
술래가 검지 권총을 휘둘러 쏘아대고
동심은 한나절 동안 오십 년 이상 밀어냈다

모래밭 솔 향기가 우리를 꼬드거 불러
칠십 줄 육십 줄도 오십 줄마저 경계도 없이
눈망울 반짝반짝 빛났다 영락없는 어린아이

영종도 하늘길이 장봉섬을 가까이 불러
일박이일 짧은 시간 문우들을 묶어놓고
순수한 동심 속으로 빠져드는 이 순간들

강강술래 강강술래 두 어깨 부딪히며
헤쳐모여 헤쳐모여 남녀 모두 구분도 없이
모래밭 솔 향기 속으로 동심을 꺼내 심었다.

5

재적在籍등본을 캐다가

빛바랜 글자 사이로 남자 이름 하나가 불쑥
사선 그은 뒤뜰 안에 남일 꽃이 피어있다
호적에 심어 놨으나 세 살 전에 저승꽃으로

지금까지 피어 있다면 대여섯 살 터울이라
서로를 의지하며 손위 형을 따랐을 텐데
정중히 뿌리를 캐봤다 재적등본 족보 밭에서

흘러간 시간 부질없나 뿌리 캐는 이 시간을
형들은 떠나갔다 동생 하나 남기고서
빛바랜 뿌리를 들추며 오늘 하루를 거슬러 봤다.

제주도 1

제주도 사투리 소리 외국에 살고 있는 듯
해외를 살피러 온 이방인으로 착각했다
억겁의 현무암 덩이 섬 탄생을 유추하며

시귀포 앞바다는 수평선을 그려놓고
오르는 천백 고지 함박눈으로 쌓여 있다
백록담 전설 이야기 눈 속에서 파내야 하는

지구촌이 한마을로 중국인들 쉽게 들어와
잠에서 깬 사자들이 먹잇감을 찾고 있듯
제주도, 토지를 욕심내고 어슬렁대고 있었다

육지에 대한 동경심은 안개 걷히듯 사라지고
자연과 싸우느라 패어 있는 주름 사이로
섬사람 토박이 웃음 지난 외로움 넘고 있다.

제주도 2

탐라국 옛 지명답게 곳곳엔 태고의 신비
어리목 중생대 돌아 천백 고지 올라서 보니
육지를 그리워하다 멈춰버린 하얀 구름

토박이 이야기 속을 상상으로 유람하며
치열한 생존의 굴곡 둘러쳐진 담장 사이로
유래한 작대기 문에 제주도 인심 피어있다

이국의 풍경 닮은 육지와 다른 골짜기들
대륙의 끝자락에서 또 한 발 뛰어넘어
한라산 맥을 따라 한 아름씩 걸쳐 있다

툭 터진 넓은 바다 보물처럼 펼쳐져 있는
섬사람 하소연은 옛말이 되어 사라졌고
제주도 역사 이야기 끊임없이 맴돌았다.

조부님께

대를 쪼개 바구니 짓고 한학으로 경문을 읽는
재주를 펼치느라 많이도 고달팠을
조부님 발자국 따라가며 그림 한 장 그려 봤다

마굴쟁이 손자 놈아, 불리 세운 동네 이른
쟁이 소리 홀대라며 휙 돌아선 유년의 시간
작금엔 장인이라 일컬어 세상 흐름이 놀랍다

오 형제 곁을 떠나 사도마을에 둥지를 틀고
석화 밭 종대 꽂아 홀로 힘을 시험해 보는
고독한 개척정신은 한세상 꿈이었을

둘째 손자 이름 짓고 그 얼마나 부풀었을까
여섯 살배기 남겨 놓고 펼친 가슴 접으셨던
손자는 당신의 바람대로 여기까지 왔습니다.

조언의 무게

여보시오 삽 든 남정네 쉬엄쉬엄 일하시오
올 한해만 전부입니까 다음다음 어찌하려고
메아리, 울림은 진리인 걸 허공으로 날리고

친구야 무리 마라 네 나이를 생각해야지
작은 고개로 착각 마라 깔딱 고개를 직시해라
메아리, 울림이 가벼워서 가물가물 잊었다

오빠야 시조 한 수 읊어가며 땅하고 놀아
금은보화 필요 없어 시간이 없어 우리에겐
메아리, 울림을 무심하게 무선 너머로 흘렸다

가뭄에 단비 보듯 거짓 없는 친구 보듯
차분한 여유 속에서 여유 비를 바라보며
이제야 조언의 무게 부랴부랴 재고 있는.

존재의 가치

꽃 피는 봄이 오면 온 세상 환희에 젖고
낙엽 지는 가을 오면 풀린 옷깃 여미듯이
계절은 궤도를 따라 무한 질주 하고 있다

여름 내내 알뜰살뜰 연금보험 나무를 기워
가을날 허전함을 열매 맛으로 달래 왔다
어느덧 계절은 훌쩍 오는 겨울 바라보는데

올해부터 생존 여부 확인하고 연금 나가요
후두 둑 쏟아졌다 떨어지는 알맹이처럼
서글픈 존재의 가치 그래 지금 칠십이잖아.

지리산 노고단

우리 얼 숨겨진 돌탑 천지간에 징검다리다
낮춘 몸 더 낮추어 무언으로 합장 배례拜禮
발아래 산사의 목탁 소리 끊겼다가 들렸다가

드높은 천왕봉이 운무에 휩싸인 채
제 모습 신비함을 드러내다 감춰버리는
우주의 섭리에 순응하나 담담하기 그지없다

오르막 칠십 노인 숨찬 허리를 곧추세워
세월아, 야속하구나 푸념인지 노래인지
길섶에 진달래꽃들 쉬었다 가라 말을 걸고

노고단 돌탑 한 바퀴 천하를 둘러보며
날 새면 부딪치는 깨알 삶을 풀어놓고
하늘아, 여기 왔노라 넉넉한 그대 품에.

진접선 개통

내각리 연평 들 질러 반가운 손님 찾아왔다
막힌 혈관 뚫리듯이 거침없이 달리는 전철
진접선 이름표를 달고 새로운 길을 내며

밤섬의 밤나무는 전설이 되어 묻혀가고
이웃한 토지주인 토박이 마음 읽었는데
십 년을 기다려 왔다 푸념 속에 깃든 기대

소외된 변방에서 희망 빛을 비추는 오늘
이어진 길 너도나도 미래를 점치는데
첫개통 깃발 올리며 기세등등 지나갔다

마중물농장 모든식구 고대하던 전철 개통
새길이 뚫어지면 자기들 지위 오를거라고
내밀히 숨겨진 비밀 탄로나고야 말았다.

진정한 눈물

상급학교 진학이란 사치라고 여겼던 소년
만인들 앞에 서서 눈물을 훔치는 남자
진정 코 나라를 위해 온몸을 바치겠다고

교복을 입고 싶어 가슴앓이 얼마였을까
소년공 작업복에 배움의 의지 심어가며
미래를 잃지 않으려 하늘을 향해 외쳐댔을

한나라 지도자는 하늘에서 내린다는데
소년은 호소했다 할 사람 누굽니까
진정한 눈물 확인하고 후한 점수로 채점했다.

참 이웃

도시는 이웃을 엮는 끄나풀이 너무 짧고
훈훈한 체온을 느낄 감정조차 미미하더라
그런데 여기 한 사람 그렇게 보지 마시라

무심코 걸어가는 사람들 행렬 속에
어디선가 한 사람이 뒤를 돌아 바라봤다
거기엔 사람 냄새 풍기는 이웃 사람이 있었는데

주지 않아도 받았다고 받지 않아도 받았다고
그 거짓말에 숨어있는 참뜻을 헤아려 보며
언제나 그리움만 쌓이는 참 이웃이 그립다.

창동역에서 잠깐

지하를 갓 벗어난 창동역사 창문 너머
한여름 녹음 속에 도봉산이 누워있고
수락도 도봉을 따라 검푸름을 즐기고 있다

물길 좋은 마들 들판 아파트가 그 자리에
한 시절 밟고 다닌 발자취가 보일 듯 말듯
당 고개 꼬부랑길도 검푸름에 취해 있고

메마른 스펀지처럼 퍽퍽한 여정 속을
하루를 저당 잡히고 홀로라는 시공간으로
전철은 다시 달렸다 푸름에 젖은 남자를 싣고.

청산도 1

가을이 완연히 내린 지리마을 해송 숲에서
세월 두께 가늠하고 해변 모래 만져보며
유행가 당신의 마음을 흥얼거리며 불렀다

동네 안 팔각정에 그림이 소곤대고
닳고 닳은 벼랑길에 사연 깔린 섬 이야기
바다는 청산을 불러와 친한 친구라 소개했다

문우들과 한식구로 이박삼일 문학기행
남도의 외진 섬이 느림의 미학 알려주는
억새냐 갈대를 놓고 치열한 논쟁도 하고

만남을 접으면서 도선 배는 완도항으로
스멀스멀 다가오는 헤어짐이 아쉬운 시간
청산아, 짧은 밤 짧은 인연 그대를 두고 가는구나.

청춘가歌

만난다는 설렘 속에 숨도 안 쉬고 넘었더니
청정지역 앞마당엔 봄들이 벌써 옹기종기
봉산 골 깃발 안으로 한달음에 도착했다

만남을 최고 가치로 반드시 일 년에 한 번
시간의 부침 따라 겉모양은 달라져도
속살은 변하지 않았다. 밤을 잊은 채 도란도란

갖은 풍파 막아내며 반세기 넘게 다스린 생애
팔순 문턱의 맏이 형이 커피믹스 손수 내오는
청춘은 살아있었다 푸르디푸른 그 가슴에.

촛불

바람을 눕힌 촛불들이 자기 몸을 태우면서
밤에는 어둠을 뚫고 한낮에는 오체투지로
작은 등 불씨 하나하나 꽃으로 피어났다

고시리손 작은 불꽃 어미 손을 꽉 붙들고
수능생 불꽃마저 용광로로 뛰어들었다
함성은 천리를 넘어 무한 거리로 질주하는

어느 누가 불을 지폈나 저리 크게 번질 줄이야
칼바람도 베어 눕히고 얼음 비도 녹고 있다
촛불은 광화문 언덕에 꽃으로 피고 있는데.

최촌 마을에 살며

옛날이 아직 흐르는 집성촌 마을이 있다
도시화의 거센 물결 용케도 버텨 오다가
지금은 명맥만 유지하고 몇 사람이 지키는

왕숙천 오고 가며 수백 년 뿌리내렸던
최씨 성 후예들이 옹기종기 모여 앉아
잡힐 듯 잡히지 않은 옛 그림만 그리고

옛날 흔적 찾기 힘든 큰길가 모퉁이에
지금도 선명하게 정류장 이름 최촌 마을
같은 성 아니 가져도 최 촌은 제이의 고향.

추억이 밥이다

일곱 살 왕손 소나무 심고 나니 자식이다
슬며시 보고 싶어서 십 년 만에 찾아간 현릉
열일곱 청년의 기상 부모 마음 뿌듯하다

잊힐까 염려되어 심은 날찌 비닐에 싸
발아래 부적처럼 고이 접어 눌러 놓고
인연을 추억의 끈으로 마음속에 묶었다

호젓한 동구릉 길 홀로 걸어서 쓸쓸한데
이월 중순 찬바람마저 등을 떠미는 오솔길에
추억을 흥얼거리며 능을 나서는 이 발걸음.

추모 편지

하늘나라 잘 계시지요 할머니 보고파요
또박또박 부르는 소리 두 눈은 초롱초롱
증손자 여섯 살짜리 난생처음 올린 편지

생전에 못 해 드려 너무너무 죄송하고
베푼 정 잊을 수 없다 울먹이는 손자며느리
할머니 변함없는 내리사랑 자손 모두 살펴 주세요

고추를 달았다며 무조건 좋아했죠
할머니 미소 속에 감춰진 따뜻한 마음
무심한 이놈의 손자 열심히 살겠습니다

토닥대던 그 일상이 오늘따라 그리워요
할머니 바라는 대로 인생 바퀴 굴러갔나요
조금은 외로우셨을 이 손녀는 압니다

지나간 고부지 간 이 저녁은 아쉬움으로
마지막 말씀 들을 이제야 풀어보니
실체가 없는 것들에 매여 좌충우돌 미안해요

어머니 훌쩍 떠나고 한해를 맞이하여
바로 직계 증손자까지 편지 추모 올렸더니
오 오냐, 당신은 웃으시고 우리는 모두 웁니다.

축시

- 임삼철 선생

태평양 교두보인 보돌 바다 눈앞에 둔
한반도 남단 천혜의 아름다운 남열마을
첫울음 힘차게 울렸다 삼 형제 막내둥이로

근본을 바로 세워 유전자가 건강했고
신앙을 바탕으로 사람 관계 폭이 넓어
사회를 내 집안처럼 누구 눈치 보지 않고

누구 하나 층하 안 하고 언제나 휘두름 없이
숭고한 흔적들이 언덕처럼 쌓였으며
간절한 기도 덕분에 자손들 또한 잘 풀렸다

칠십 평생 가는 길마다 밝은 빛을 뿌렸으니
좋은 땅 인천에서 호연지기 품어 안고
하나님 은혜 속에서 좋은 세월 낚으소서.

측은지심

지난 일들 아쉬움으로 밀려드는 저녁 무렵
잠자는 아내 손을 살며시 잡아 보며
무심코 지나간 모퉁이길 거슬러 더듬었다

거칠어진 손마디가 훈장으로 보인다면
공로를 인정받아 얻어진 보물이라고
가보家寶로 길이길이 새길 유물이라 여기겠는데

쓴웃음 뒤로하고 살며시 눈을 감으니
다하지 못한 아쉬움 들 밀물처럼 밀려들고
애틋한 측은지심만 방안에서 맴돌았다.

치앙마이

따뜻한 차 한 잔을 나눠 마시는 기분으로
잠시나마 홀가분하게 잡다한 짐 내려 놓고
상쾌한 아침을 담아 치앙마이를 열었다

타이의 두 번째 도시 화려하리라 믿었는데
옛날의 신비 여기저기 과거 시간 멈춰 있는
태고를 따라가다가 트라이앵글 이어갔다

국경선 마주 보고 미얀마 라오스 사람
이웃집 드나들 듯 편안하게 오고 가는데
왜일까 갑자기 떠오르는 한이 서린 휴전선

메콩강 물줄기가 티베트에서 출발하여
서로가 인정하고 유유하고 거침없이
신분증 제시도 없이 마음대로 흘러가는데.

6

칠십 폭 그림 한 장

노후 자동차 엔진처럼 털털거리길 다반사로
오솔길 신작로길 가리지 않고 달려왔는데
그래도 이 정도 멀쩡하니 누가 봐도 대견하다

여기가 봄날인가 꽃피는 동산인가
가까이서 멀리서 봐도 풋풋한 마음 그윽하게
가슴속 향기 주머니에 가득가득 쌓아놓고

그대가 좋아하면 털털한들 대숩니까
그대가 웃는다면 바보라도 되겠으며
마님의 충성도 높은 마당쇠가 된다 한들

지금이 환절기다 감기에 걸리지 마라
시기는 초겨울이다 절대로 아프지 마라
칠십 폭 푸르른 창공에 그림 한 장 그리면서.

큰 절

- 덕담 한마디

시부모 뵙는 큰 자리에 고모부는 묻어서 가
윗자리에 정좌하고 폐백 절을 받고 나서
원앙은 금실의 대명사 입속말로 화답하고

금인봉을 덕담 섞어 따뜻하게 건네면서
봄은 무릇 인고의 겨울 딛고서야 찾아오느니
서로를 인생의 봄으로 존중하고 배려하거라

원주 골 전주 골은 기운마저 닮아있느니
봄바람 밀려오면 천지 만물이 환영나오듯
부부가 손잡고 맞이하라 오래오래 머문 봄으로.

투본강 숨소리

투본강 사이를 두고 오직 하나 다리 밑을
강물은 유유하게 중국해로 빠져나가고
이 강을 거슬러 올라 동서양이 욕심을 냈다

열강의 흔적들이 고스란히 남아 있는
중국인 풍흥고가古家 8대손이 입장료를
외국과 왕성한 물물 거래 천혜의 요지 투본강

중국과 일본 거리 인력거로 둘러보며
찬란한 불빛 사이로 옛날과 현재가 섞인
강물엔 야경을 뽐내는 유람선들 무게를 잡고

야시장 구경하다 개구리 안주 와인 집에서
문우들 모여 앉아 사랑 술잔 높이 들고
오늘이 영원하리라 투본강은 듣고 있었다.

틀을 깨는 사나이

틀에 갇혀 신음하던 숱한 날들이 눈을 떴다
밖에서 부수기가 쉽지 않은 틀을 밀치고
스스로 오라를 풀고 뚜벅뚜벅 세상 밖으로

우직한 머슴으로 주인을 섬기겠디며
두 발로 두 바퀴로 진심을 보내는 순간
열었다 동부 골 흐르는 물 머슴에게로 합수했다

무기력 힘자랑으로 거드름 피운 사이
삼전사기 뚝심 하나로 견고한 틀 깨 보려고
가시밭 모래 밟으며 흘린 피는 얼마더냐

머리가 큰 사나이 목소리가 큰 사나이는
산 좋고 물 좋은 골 목사동면 촌놈인데
하늘은 적기에 쓰기 위해 틀을 깨게 하였다.

파수꾼의 하루

둥지를 지어 놓고 새끼들을 키워내듯
바깥도 살펴보고 비바람도 막아야 하는
어미 새 머리에 가득 찬 보호본능 유전자

한때는 부담 없이 뚫린 하늘 비상하며
날갯짓 하나만으로 지상을 호령하는
세상은 모두 자기다 과거를 갈망하지만

오늘은 평범한 하루 책임감을 발휘하고
익숙한 걸음걸이 깃털처럼 가벼워져도
둥지를 지키는 자부심 남아있는 이 하루.

판문점 드라마

시동을 걸면서도 하늘을 올려다보고
두 눈을 떴을 거야 아니야 감았을 거야
한반도 부작용의 핵심 숨 가쁘게 돌아갔다

그이진 선 하나가 친근보다 무거운데
초개처럼 버리고 나니 천근도 가벼웠다
지프차 경계를 넘었다 천운을 기대하며

파주 군 어룡리에 한편의 탈출 이야기
실시간으로 펼쳐지고 삶과 죽음 갈림길 위에
이국종 천사의 손길 분초를 다투고 있다

이유를 뒤로 돌리고 목숨을 건 북한 이탈
젊은 병사 가슴속에 어떤 혼이 움직였나
인간을 구하는 장면 이것이 진짜 드라마다.

판문점에 봄은 오나

봄눈 내리는 깊은 골짜기 부릅뜬 눈동자들
자유에 홀렸는지 촉촉이 젖어있고
막사 안 매서운 동장군 봄눈 속으로 스미는데

한 구역 우두머리 녹기 시작한 길을 따라
성큼성큼 다가가더니 양지쪽 언덕에 서서
차가운 심장을 꺼내 봄볕 위에 얹어놓고

극과 극 살얼음판을 걸어온 길 얼마더냐
물기가 튀면 방전인데 그 사이로 뛰어넘어
판문점 경계선에서 한반도 지도 그리고 있는

하늘에 뭉게구름 할 말이 있다는 듯이
하나둘씩 솟아올라 봄을 따라 판문점으로
우리는 조국이 하나다 소리 없이 외치고 있다.

팔영산

대륙의 남단 끝자락 팔영산 여덟 봉우리
소싯적 오르던 산길 옛 기억으로 올라서 보니
시간의 소용돌이였을까 그 오솔길 흔적도 없고

영嶺자락 터를 짓고 활 당기고 말 달리던
유복만, 송팔영 장군 전설만 무성할 뿐
의병들 의로운 울분 산등성을 넘고 있다

골짜기 풀 섶 헤치면 도랑 물소리 옛 그대로
여여如如히 반기는 건 흙냄새 산들바람
봉우리 오르는 바위길 하세월에도 변함없이

여자만 해창만으로 한 자락씩 발을 뻗고
아스라한 보돌 바다 굽이굽이 살피고 있는
언제나 늠름한 자태 포근하고 장엄하다.

패거리 심리

꽃이 진 그 자리는 사계 지나야 다시 피고
계절이 바뀌는데 옷 모양은 왜 그대로일까
패거리 눈동자에는 백내장의 안과 질환

죽어야 산다는 것은 개인에게 크나큰 형벌
남풍이 불다가도 북풍이 다시 부는데
나부터 죽겠다 부르짖던 선량들은 어디로

새집을 짓자는데 기본 집을 고집하다니
기왓장 모아야지 패거리 누명 벗으려면
주인은 한결같은데 머슴들만 시끄럽다.

포구에서 잠깐

바다도 저 혼자서 표정 관리를 할 수 없다
찬란한 은빛 햇살 포구에 모아 놓고
영원을 누리려다가 풍랑이 이내 닥치는

비롯없는 망나니처럼 비디기 온통 뒤집히면
혼자만의 한계점을 스스로 받아들이며
끝없는 변신을 거듭 자기 색깔 찾아갔다

어제는 우두 포구 자기 모습을 잃었다가
오늘은 온화하기 그지없는 표정 속으로
사내의 육십 후반과 맞닿아 있는 저 포구.

하늘이 노怒하다

이제는 얼른 보자 백신주사 맞았으니까
그래 우리 보고 싶다 날자 한번 잡아 보자
하늘이 멀리서 들었다 주고받은 이야기를

불청객 몰려다니며 온갖 해찰 다 부리고
형상이 보이지 않아 포수조차 쏠 수 없는
시간은 모두를 포위했다 불한당 기세에 눌려

사람과 사람 사이 만나는 일이 사는 맛인데
지구촌을 나무랐다 네 이놈 오만했잖니
하늘이 진노하며 물었고 온 누리는 침묵으로

코로나 회오리바람 어디까지 언제까지
일상의 파편 조각 너무 많이 쌓여가는데
스쳐서 지나가리라 기대의 꿈은 산산조각.

한 점일 뿐

창공을 떠다니는 구름이 되어 내려 봤다
마음에 쌓인 온갖 짐을 허공에 부려 놓고
제주 섬 다가가 보니 그 무게는 한 점일 뿐

작은 충격에 일그러지고 부딪혀 힘겨루기
어차피 받아들이고 정해진 길 더듬거리며
큰 바다 조각배처럼 불안전하게 떠 있다

우주여 호연지기여 간절함에 취해도 보고
넘지 못한 절벽 앞에서 스스로 답을 구한
인생은 아주 작은 점 하나에 불과했다.

해명산

해명산 정상에서 마주하는 바닷바람
수평선 따라가서 가슴을 툭 열어 놓고
동행한 소꿉친구는 따뜻한 손 내밀었다

아스라이 펼쳐있는 서해바다 작은 고깃배
점으로 떠다니다 섬을 돌아 사라지고
기우는 오후 햇살 속에서 우리 우정 익어갔다

아기자기한 산길에는 듬성듬성 사람 냄새
땀방울 몽실몽실 훔치며 내려오는데
보문사 오랜 흔적들 세월 두께 가늠했다.

행운이다

고향 글자 스쳐만 봐도 애가 끊은 이유가 뭘까
가까워도 멀리 있어도 잴 수 없는 끌림의 지수
일정한 당김이 있을 뿐 밀어내지 않은 걸 보면

두 물머리 걸어가다 짐작으로 손가락질
여기쯤 고향마을 분원리 옛이야기
선배는 조용하고 차분히 내가 왔다 애원했지만

북한 땅 두고 온 고향 실향민 마음 그 얼마더냐
꽃피고 새가 우는 천 리 길은 가까운 거리
아직도 남쪽 바다 그 고향 갈 수 있다니 행운이다.

허리우드 극장

종로통 돌아 나오다 허리우드를 발견했다
시간은 강물에 실려 멀리도 흘러갔는데
극장은 아직도 거기 그대로 남아 있었다

예순 넘은 두 주인공 사십 년 전 데이트 코스
포스터 사이사이로 칠십 연대를 더듬더듬
지금은 어르신들 놀이터 남아 있어 반갑다

처음 잡은 따뜻한 손 풀 줄을 몰랐었지
그날을 되새김하다 저녁 식사도 거르면서
철없는 청춘으로 돌아가 종로 도심을 걸었다.

현대판 천사

담장을 높이 쳐도 괴한은 막무가내
눈도 코도 다리도 없이 이웃으로 넘어오고
팬데믹 가면을 쓴 채 일 년 넘게 겁박을

일방적인 선전포고 국경선이 무용지물
무자비한 괴물 군사 계속되는 무차별 공격
어차피 반격이 시작되고 하얀 가운들 눈물 투혼

형태 없는 적들을 만나 수세에 몰려 땀은 범벅
부대의 우두머리 하얗게 바랜 짧은 머리
폭탄도 피하지 않았다 현대판 하얀 천사다.

호미를 든 여인에게

가는 봄 아쉬워서 초록빛 고랑 사이로
사랑놀이에 빠져있는 꿩 한 쌍이 야단이다
발아래 채소밭에는 아내의 호미 분주하고

농사가 싫다면서 입에 달고 있다가도
자기 손 거친 풋나물들 일품으로 변신하면
손마디 굵어지는 걸 깜박 잊은 저 호미질

농사를 취미려니 가볍게 여긴 지아비 마음
농부라 자랑하다 반려자까지 흙을 파는
오늘은 넌지시 바라봤다 호미질아 미안해.

환갑 기념

동갑내기 친구들이 환갑을 기념으로
대형버스 전세 내어 동해안으로 설악산으로
어느덧 인생 한 바퀴라 의심하는 눈초리들

두 발 노릇 케이블카에 짧은 여정 맡긴 채로
확 트인 동해바다 최고봉도 잡힐 듯이
권금성 정상에 올라 육십 살 맞나 서로 묻고

제각각 재주를 부려 용케도 여기까지
흩어진 죽마고우들 맥주잔을 부딪쳤다
인생은 육십부터야 스스로를 부추기며.

흙에도 유전자가

얼굴 먼저 붉어질라 거짓으로 말하지 마라
나직한 목소리로 흙 친구를 다그쳤더니
양심을 함부로 팔다니 그게 무슨 소리냐

흙 친구들 불러 모아 좋은 관계 맺어주니
고맙다 인사도 하고 뿌듯한 표정 일색이며
유구한 시간이 흘러가도 본모습 변치 않을

곰삭아야 오래 가듯 오랜 친구 보물이듯
흙 속엔 거짓은 없다 시중 말들을 복기하고
유전자 진실을 캐보며 빈 가슴을 달래는 하루.

흥興이란 이런 것인가

투본강 야자수 숲을 휘돌아 노 저어 가는
호이안 자랑거리 코코넛 바구니 배
선장의 성격 따라서 신나는 트로트와 함께

흔들흔들 흥을 돋우며 떠 있는 무대를 향해
앞서고 뒤서가며 강물 위에 마음을 띄워
눈부신 햇살도 안아봤다 환호성을 지르면서

원 달러 노 위에 붙여 에너지를 충전하고
노동과 팁 사이를, 흥을 버무려 펼치는 힘
흥이란 진짜 이런 것인가 흥은 흥을 불렀다.